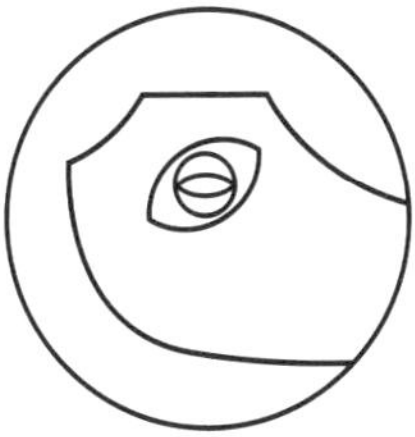

アキレスならば死んでるところ

川島結佳子

gendaitankasha

目次

アキレスならば死んでるところ

ユカ

テレビを見ていたら、マンモスの特集をしていた。名前は「ユカ」。
発見された地域「ユカギル」からきているらしい。

死んだ後つけられたから戒名であろうマンモスの名前の「ユカ」は
検索ののちに現れるマンモスのユカはあられもない姿にて

※筋肉組織から回収したマンモスの細胞核を、マウス卵に注入し、マウス卵を生かしたまま細胞核の動きを観察しました。その結果、（略）細胞分裂をする直前の形になるものも存在しました。さらに、マンモス細胞核の一部が最終的にマウス卵の細胞核の中に取り込まれる現象まで確認できました。

死んでいて良かったですね細胞を剥ぐときユカが暴れずに済んで

※しかし、「YUKA」のように状態が非常に良いと考えられるサンプルでも、DNAの断片化がかなり進んでいることもわかりました。つまり、現在の核移植技術では、マンモスの体細胞クローン個体作製には至らないことを示す結果となりました。

マンモスにすらある勝手に期待され勝手にがっかりされることが

猛暑日であればクローンのマンモスに被せてあげたいかぶる日傘を

※今後は、「YUKA」のように状態がよいサンプルから、DNAやタンパク質情報など、マンモスを構成する情報を集め、それらの情報を基に新たにマンモスの細胞を合成することを考えています。

三頭目のクローンのマンモス「ユカさん」と呼ばれるかもな振り向いてしまう

あと五分寝てたい気持ちを押し殺し起き上がりだす人間のユカ

※：ナショナルジオグラフィック「マンモス再生は、どこまで現実に近づいているのか？研究者が解説」https://natgeo.nikkeibp.co.jp/atcl/web/15/360768/061200032/?P=3

白い月

ほぼ人がいない通勤電車にて座るピアノの黒鍵みたく
会社へと走るわたしと夜からの居残りとしてある白い月

マスク売り場にマスクがなくて知らぬ間に引っ越していた友の家のよう

ふくらんだままのマスクが道にあり街にも口があることを知る

横を向くだけで〇・二度上がる職場の顔認証体温計は

口を手で覆えばマスクしていると見なす顔認証の薄目の眼差し

緊急事態宣言　今日もオフィスにて補充されてるグリコのお菓子

「当面は在宅勤務でお願いします」声に諸行無常の響きあり

見えないがあるかもしれないウイルスと見えるがないかもしれない星と

オンライン会議のために上半身着替えてわたしケンタウルスのよう

不要不急ではない　ゆっくり町をゆく廃品回収車は大音量で

「しばらく営業自粛します」の貼り紙はいつやっているのか分からぬ店にも

診察前に渡航歴訊く耳鼻科医の笑顔へ春の陽はあたたかい

点鼻薬を鼻に噴霧し蠟梅の香りは深く肺の底まで

どうせマスクで覆うのだけど口元の産毛は剃ってからコンビニへ

水の惑星

包丁でキャベツを二つに割るときに新雪を踏みしめてゆく音

ひき肉のかたまりをキャベツで巻けば簀巻きにされた罪人のよう

水の惑星に住んでいるのにひたひたも被るくらいも分からずにいる

レシピ本ふやかすほどの雨が降り自作のロールキャベツの無味は

夜のアスファルトみたいに光ることあるのだろうかスペースデブリ

ホールインワンできると思う時折に現れる君のブラックホールに
眼裏には深夜にヘビメタ聞きながら閑吟集を読む君がいる　寝なよ

タイムリープ

ゴジラ岩の静けさ保ちながら待つ蝿が窓から出てゆくまでを

音が出ないギターアンプを窓際へ音が出ていたときの重さの

隠し扉が開いたのだろう図書室の窓ガラスが割れている小学校

モニター下にまぶしそうな亀の顔した私いるオンライン会議

オンライン会議のさなかに轟音ありブルーインパルスは部長の上に

波打ったチケットは鞄の闇のなかライブは延期からの延期で

夜の街クラスターではないらしい深夜のラジオパーソナリティー

ラジオパーソナリティーの声アクリル板を我が家の窓を突破し夜へ

ゴムボールの感触で顔に当たりくる窓を開け放った時の雨風
私はタイムリープしたのだテレビには笑顔の志村けんが出ている

いつもの満月

中秋であればわざわざ屋上に上がって探すいつもの満月

月を見る　月の地表を削るごと手を掻く君を思い出しつつ

会いたくねぇと思われてるかもしれないな月をなかなか見つけられない

新月の不味さだったのかもしれないあの日虫歯に詰めた正露丸

星とはすべてこのようなもの中心がぼそぼそとした団子を食べる

手の甲の皮を剥きつつ歌の評している君を見たい　そろそろ

一七〇〇〇人

髪の毛からぬれ煎餅の匂いするおうち時間に窓を開けゆく

無観客だからこそある芸人が芸人にする野次　明るい

キャパシティーの概念は消え配信で一七〇〇〇人が見るランジャタイ

配信から配信へ八艘飛びをする日に確認しない感染者数

今日はレタスがあるから鍋に入れられることない葉牡丹は月影のなか

起床して4秒でパソコン起動する在宅勤務にも慣れた冬の朝

ヒクイドリなのかなメールの件名の「川嶋さま」の大きな鳥は

押すとふかふかしているみかん

どのような老女に私はなるのだろう押すとふかふかしているみかん

ミカンせいじんいたような古いみかんからヘモグロビンの味がしてくる

天に召されるように蜜柑を置いておく屋上にある鳥の餌台に

鼻で風を受ける

泣きながら砂投げつける攻撃ができない人工芝の公園

転んで鼻血を出した思い出だけがあるゾウの滑り台ごっそりとない

鼻で風を受けていたのだ友達が漕ぐぶらんこの下に寝そべり

老木と呼ばれて久しい桜の樹だけに光を当てる電灯

目元までマスクで覆ういつからか私は鼻血を出さなくなって

桜の花降り積むように結婚の報告　結婚がなくなった報告

アルカトラズ刑務所ほどの硬さある公園の土を踵で掘りゆく

二の腕

手品師がさっとマントを取り払うように今年も猛暑日は来る

カーテンの隙間から差す夏の陽はジョン・F・ケネディを撃つかのように

咲くときにマッチで水素に火をつける実験の音がするかも桔梗

思えば大きなお世話だったな無理やりに桔梗の蕾を剥がしたことは

ナイロンの糸を垂らせばザリガニは寄り来る波紋が広がる前に

静脈の血液のいろ釣り上げたザリガニはぷらんぷらんと揺れて

私の心の狭さそのままの水槽にザリガニ二匹向き合っている

うっすらと日焼けした腕を枕にし居眠りしていた歌会は遠い

甘い物のあと甘い物を食べていた歌会帰りの夏の夕暮れ

二メートル程の黒猫を見たと妹が言うごみ屋敷夜に燃えゆく

壁を黒く焦がしながらもごみ屋敷凛として建つ（中は見えない）

火事三日過ぎて未だに見つからない黒猫やそれ以外の者は

いつ誰が植えたか分からないミント生徒会長みたいに香り

思い出を塗りつぶすよう花壇ではミントがミントを増やし続ける

雨の後の涼しさ思うミントの葉鼻へと詰めて呼吸してゆく

私の手に渡される金メダルなし　ワクチンの接種券はあり

桜の刺青見せるみたいに肩を出すや否や打たれるコロナワクチン

副反応の熱で目覚める真夜中が過ぎるのをリュージュの姿勢にて待つ

パドル漕ぐ選手を見れば痛み出すワクチン打たれた後の二の腕

スケボー選手が技決めたときに立ち上がるコーチのマスクは蒸れる猛暑に

はらはらしつつ見ているマスクをしていない選手たちが抱き合う様子を

抗体ができる頃には忘れてる小山田圭吾も小林賢太郎も

私が桃ならばここから腐るだろう太腿にある痣撫でている

人間の寝起きの鼻を挟むことなくザリガニは死んで初秋へ

深夜二時半

母親が見ている動画のひろゆきの声のみ響く深夜二時半

友達がひろゆき好きなら距離を置くけど母親は母親であり

ひろゆきの話をする母ひろゆきの口調になるわたし玄米茶飲む

かわいいくせ字

かりんの若手の会員である岡方大輔が亡くなったと連絡があった。
中武萌発案により有志で追悼座談会を行った。

歩くたびHP削られる寝不足のわたし追悼座談会へ

久しぶりの丸地の旋毛にすっすっと白髪こういうことかも生は

写真撮るときも静かな齋藤と齋藤のスマホのシャッター音と

たましいなど存在しない酷評をしても岡方現れないまま

裁判員裁判めいて貝澤のことばに収束しゆく座談会

中武萌は一瞬、フランスに行こうとしていた。

ミッキーに人見知りすると伝えれば笑うフランスに行かない中武

「かわいい字書きますよね」と言われ見る犯行声明みたいなくせ字　岡方大輔

岡方のかわいいくせ字のお礼状ほこりよけしたケースの中に

まだ夜ではない

よれよれと蜜蜂が来る枯れかけた紫蘇の花しかないベランダに

蜜蜂をぱんと捕らえる死んでゆくものの怖さが分からず猫は

シャーペンの先から芯を入れる眼をして蜜蜂を食おうとする猫

自らの毛並みの延長線上の毛布をなめて猫眠りゆく

駅前に選挙候補者らしい人が来て配り出す小さな紙を

小さな紙には小さな文字が候補者らしい人の職業エッセンシャルワーカー

小さな紙を配りながら拒否されながら踏切を渡る候補者らしい人

小春日の「芸能人は支持政党を公表しろ」をミュートしている

公園に落ち葉ばかりを乗せている吊り橋がありつまらなそうに

私には水分があり肉があり骨があり踏めば吊り橋揺れる

跳ねてみる意中の人と恋仲になるにはあまりに短い吊り橋

錆びるだけ錆びてしまった鳥の名の点字プレートおそらく尾長

ハリガネムシに寄生されてる蟷螂のようにふらふら初冬の池へ

鈍色の池に白鳥泳ぎゆく鼻のあぶらを身体につけつつ

雄は「レオ」雌は「サクラ」の白鳥の見分けのつかずどちらかを撮る

上野公園の階段にいた似顔絵を描く人たちがいない、いつから

歩数計は一歩と数える目の前に落ちる銀杏に驚く反射も

密集しない程度に近くへ来てくださいと銀のリングを消しつつおとこは

囲われる西洋美術館「世界遺産の価値を高める工事」のために

宇宙から見れば発光する惑星真冬のイルミネーションを行く

樹という樹落葉しきった街路樹をまだ見せようとイルミネーション

イルミネーションの撮影中に写り込みすっと消される私の横顔

何故イルミネーションは照らさないのだろう接種会場のプレート持つ人を

夜間押しボタン式信号機ひとりでに青へと変わるまだ夜ではない

取り戻すのは

冬の蚊から見ればカストルとポルックス夜に目覚めた私の瞳

過疎地のバスのようなふたご座流星群ひとつ降りくる

ひとつ降りくる

手水にて最後にひしゃくの柄を濡らす角度と思う北斗七星

登山用リュックに在宅用パソコンを入れて出勤用パンプスを履く

今年はまだ履き潰れていないパンプスに染みこんでゆく道路の冷たさ

開発中のＡＳＩＭＯのふらつき乗り遅れないよう駅まで走る私に

走れば息は血の香りするいつだろうマスクが季語を取り戻すのは

もう跳ねている

花粉含んだ雨をありったけ髪の毛に含ませたまま入る美容室

髪にへばりついた花粉をしごきつつ「切れるだけ切ってください」という

私から離れて小さい私にはならない髪の毛膝から落とす

美容師に掃き集められる髪の毛は地獄で売られる綿あめのよう

要人のみを殺すのが現代の戦争と言った専門家を思い出せない

シリアの時は言ってなかったプーチンの悪口の間も染まりゆく髪

美容室を出れば忘れるけれど読む免疫力アップのレシピ本

ひと冬分の髪は切られて残された健診結果Bの身体は

糸切りばさみにて切り落とす前髪に生き残ってしまった一本を

手で撫でると落ち着くからで落ち着いたことの無い髪もう跳ねている

鰓のない生き物

鰓のない生き物だけど呼吸する海の暗さの水族館に

ここもまた海底　口と管足をこちらに向けて張り付くヒトデ

キャプションに名前がなくてゴンズイのひとかたまりのギラギラはあり

顎関節外れた痛みを思い出すマイワシの口開いたときに

眼の中に揺らめいている傷などを拡大して拡大してクラゲ

今、この子は転んでしまって泣いているエイに転ぶは分からないかな

わたしがイカならば永遠に生きるだろう「産卵後すぐ死ぬ」と書かれて

大きいと思った魚より大きい人がコブダイに餌あげている

■

頭頂を擦らせながら歩きゆくいつも子どもが通るトンネル

トンネルにどんぐり一つひと冬を越えてきて芽を出さないままの

花びら落ちてこないのだろうか桜木の下に卵を割る人がいる

これ以上薄くなったらシースルーになるかもしれないうす皮あんぱん

春の午後五時は明るい　手摑みで焼かれた鶏のもも肉を買う

ひと足早い人類滅亡だと思う蔦に覆われる水再生センター

古ぼけた祠の看板「悪さするやつは■が見えなくなる」とあり

春寒にぬるい風あり久々に使う喫茶店のハンドドライヤー

まず倒すそれから剥がすボス戦に挑むみたいにミルフィーユ食う

ティーバッグ引き上げながら聞いているロシア軍弱いという会話を

虐殺と言うたびテンション上がる人そうでなければ話せない　虐殺

紅茶をすする音では消せない「ウクライナ人はきれいだしモデルとかいいんじゃない」は

体温がすべてお腹に集まった身体を丸め雨を帰りゆく

思い出したくない記憶を養分に咲くのか頭山の桜は

棒を目から前頭葉まで入れてゆく手術と思う桜の挿し木

火葬にて出された煙や春霖を吸って斎場の桜はきれい

三途の川の向こう岸から呼ばれてるよう「お〜いお茶」しかない自販機

蛋白質なんだと分かる匂いする春日に焦げる私の髪の毛

蜘蛛の巣にかかってしまえば無視できる重力　さくらの蘂は空中に

飽きてしまった形跡として道脇のたんぽぽの花輪の作りかけ

蹴飛ばせば折れる細さのざらざらの幹を撫でてみる椿の木陰

指で摘んで飛べなくなった蝶の翅の指紋は子どものころの私の

昆虫をやがて食べる日今は目に近づく虻を追い払っている

きりがねぇ、きりがねぇなぁ降りしきるさくらの花を清掃員は

Aとa

空間を曲げつつ配達員の手を痺れさせつつ机は届く

棒と板を持って眺めて呆けてるわたし新人のグラディエーター

ミステリーの双子トリックを思い出す見分けのつかないAのねじaのねじ

私が嵌めるサイコガンの一つとしてねじを締めゆく電動ドライバー

砂浜に埋められ放置された人もう外すこともできない螺子は

次はどのねじ穴壊してしまうのか弧を描きつつ転がる螺子の

無理やり死者を蘇らせる強さにて締めつけてゆく六角ボルト

締まらないねじは締まらないままにして日光東照宮のような机だ

娑婆の横断歩道

在宅勤務中

メールの文字が線の重なりに見えていて私は何を返せば……発熱

熱が上がる

弾いたことないけどバイオリンみたく顎と肩とで保冷剤挟む

手羽先であればパキッと折るところ腕の関節全てが痛い

ＰＣＲ検査を受けないとどうにもできないらしい

発熱外来に一〇〇回電話をかけている恋人にもしたことないのに

熱がちょっと落ち着いたのでお風呂に入る

シャワーの水蒸気に噎せる外側は自分の意思で綺麗にできる

発熱外来へ　医者は防護服を着ていない

マスク二枚外して喉を見せている透ける薄さのマスクの医師に

「昼ご飯は、一人ですね、人見知りなんで」医師の寂しい目で見られつつ

「まだ若いから」と言われる若いって短歌以外でも言われるんだな

ＰＣＲ検査は唾液だった
この世にある全ての梅干を考えて唾液を溜める唾液を吐き出す

また熱が上がる
鼻奥に溜まる消毒液臭とともに流し込むアセトアミノフェン

薬すごい効く
ヘルパーT細胞キラーT細胞もう寝る時間みたいだ、 おやすみ

咳で目覚める

乾咳は強制参加させられる祭のような激しさであり

夢なのか現実なのか真夜中にかえるの歌のオルガンの音

元気だろうか咳のしすぎで腹筋が割れた高校のころの担任は

My HER-SYS に登録

今年一番開かない瞼を開けながらパルスオキシメーターの数字入れゆく

食べるのがきつい

ついに私を消化しようと動く胃に入れる冷たい絹ごし豆腐

嘔吐

いつもなら片付ける側である者の嘔吐を猫はじっとりと見る

今日は喉が激痛

五月雨式とはまさにこのこと咳は昨日喉の痛みは今日追加され

腫れている扁桃腺に擦れながら落ちるウイダーインゼリーラムネ味

N極の布団に張り付くS極のからだ熱は下がったけれども

※

自宅療養期間終了

顔を洗ったときに残ったてのひらの水で寝癖を整えている

磨り減ったビーチサンダルで踏んでゆく娑婆の横断歩道は熱い

道に落ちてしまった鍵を拾うとき咳は出てくる途切れ途切れに

せめて

せめて君と会って話したり笑ったりした後コロナに罹りたかったよ

蟬

飛んできた蟬は桜の木に止まり熱感知器のように鳴き出す

小学校はこんなにしずか蟬の声コンクリートが跳ね返していて

足場悪くないのだろうか葉の裏にある空蟬は葉とともに揺れ

樹液だけを吸って成長する蟬の口唇期は長く長くあり

これは土に還らないだろうスロープの隙間に弱った蟬入り込む

茶毘に付されるときには仰向けの人間　炎天下の蟬もまた

ゲルハルト・リヒター展

写真らしく描かれた絵画を撮るシャッター音ゲルハルト・リヒター展に

キャプションを一生懸命読んでいる私が映る《鏡》は作品

なけなしの身体で咳を堪えつつ見るアブストラクト・ペインティング

アブストラクト・ペインティングは台風の日の車窓にやはり似ている

殺された女性見習い看護師の写真　笑顔では殺されてない

短歌で言えば虚構の部分べったりと子どもの写真に塗られた絵の具

※

常設展

アメリカから永久に借りたものとして壁一面に戦争画あり

戦争画の湿度　枕が変わったら眠れなくなる君を思った

気温一〇度

気温一〇度だけども凍りつきそうな外濠、石垣、君と私も

外濠を泳ぎ怒られたことのある君はあめんぼのようにはいかない

警官に見張られながら回りゆく皇居と呼ばれる他人の敷地を

皇居の中に道路標識あることが嬉しくて撮る三枚も撮る

松よ常にかっこよくなきゃいけないのか枝の上側に葉をつけていて

名前のある植物名前のある人間スピーカーから迷子の知らせ

皇居から出ればバニラの香りして外国人の煙草のけむり

風を受けて海岸をゆくロボットの動きで走る犬とすれ違う

あかぎれの人差し指ですっとマスクを外して君はカレー食べゆく

キリストの肉ではなくて私のナン君が半分食べているのは

こどもは嫌い動物はもっと嫌いという君を押し込みどうぶつ広場へ

吊革に摑まりたくない君が押すどうぶつのえさ出てくるボタン

撫でられて眠るハムスター私ならすぐ払いのけてしまう手なのに

穴を掘るうさぎは知らない穴を掘って埋めるを繰り返す拷問を

カピバラには人間の指が人参に見えるからトングであげるにんじん

ふくろうが飛ぼうと羽を拡げたら現れるロープに繋がれた足

私の心読み取っている目のやぎは歯をむき出して干し草を食う

登山だと言い張る君が登りゆくどうぶつ広場の小さい丘を

頂上の空気が薄いなんてことない丘で冷たく肺膨らます

山頂からの景色と言って君が撮る平行に建つビル群であり

冬のため清流の音たてながら流れゆくのみ水あそび場は

父が子に「これで帰るぞ」指先の豆汽車はどうぶつ広場を走る

もう鬼を祓うことないからからからに乾いた廃墟の鰯の頭

魔法が解けるみたいに鎮痛剤切れて痛み出す君のうなじ　またね

乳歯

咀嚼とはいかずちのこと肉まんを噛んで奥歯の乳歯が折れる

持って行った乳歯を歯科医は見もしない頑張ってきた乳歯のさみしさ

奥歯の根ひっこ抜かれて現れる私の小さな血の池地獄

スチームパンクと思う金属の軸が歯茎へ結合しゆく動画は

指輪ではなく給料三か月分のインプラントを私は私へ

毛布ではないけど眠たい柔らかさ歯茎の穴を舌で撫でゆく

あと三キロ

仕事納め　人がほとんどいない

外気温浸透しきった職場にて祖母のものだったひざ掛け肩に

派遣元から貰った卓上カレンダー梅ガム二枚と交換している

正月　弟が来た

森保監督の悪口漏らす弟のウレタンマスク冬陽に光り

うさぎ型に切られたかまぼこ丁寧にまずは耳から食べる弟

お年玉もらうことなくあげることもなく一葉の無表情あり

もうすでに疲れ切ってて漫才中まばたきばかりの芸人　元旦

パラパラ漫画のように過ぎゆく正月のお笑い番組のなかに夕焼け

箱根駅伝

わたしには絶望に聞こえる監督が選手に叫ぶ「あと三キロ」は

ここに住む

真夜中は付喪神しか通らない大通り渡って引っ越し先へ

ひと部屋に収めるということ玄関を開ければすぐに洗濯機立つ

マスクしていない花粉を鼻水を啜り冷蔵庫を運びくる人

十二単みたいに床に擦れながら春風に揺れているカーテン

何者も這い上がって来れないよう排水管の隙間を埋める

ここに住む　ガラスを割ってしまうほど春の陽射しが差し込む部屋に

体育座りでシャワーを浴びる今はまだシャンプーがないユニットバスで

中武萌のこと、他

中武萌は4月からイギリスに住む

海外移住は越冬に似てポケットにドライいちじくを入れる中武

イギリスで短歌詠む人を探すと言う中武は本当に短歌が好きだ

遊びに行くね駿台模試の偏差値が24の英語力と一緒に

私は身体のどこにパスポートを隠すのか曇天のイギリスにて

ロンドンの霧の街めく酔ったまま歩く夜寒の桜の小道は

歌を詩を別れる友へ贈っていた歴史　私は手を振るのみで

中武は旅立ち中武の歌を「可愛い」でまとめた後悔わたしに

スマホのひかりすすっとなぞれば連絡はできるけれども遠いイギリス

日本を離れればもう中武は見なくて済む歯をすり減らす夢

通学帽によい歯のバッジきらめいて女の子ぽつりぽつりと歩く

新学期まだ始まってないのに「成敗」とランドセル叩かれる男の子

友達を追いかける子に鳥肌を立たせつつゆく春の北風

小学生になくて私にある自由点滅している信号を渡る

春休みの宿題みたいに落ちていた白木蓮の花びら道に

マスク忘れていったん帰る見えにくくなってる新型コロナウイルス

外よりも花冷えている区役所で書き込む住所変更届

えっ、と思いそうかと思い「いいえ」って答える「戸籍は変わりますか」に

空を飛ぶくじらの話を思い出す強風に滑るペットボトルは

ゆるゆるに束ねてしまった段ボール回収されゆくゆるゆるのまま

部屋中に脚をぶつけるクッキーを食べて大きくなるアリスのように

パンがなければケーキ私には米がなく食パン食べている春の夜

食パンに奪われてゆく唾液ありもずくとなめこの味噌汁すする

このまま歩き出しそうなほど揺れている深夜の脱水する洗濯機

あさ窓を開ければ川の深い深い匂いして人気のない町である

真夏めく

冷蔵庫の闇にひっそり傷みゆくレタスは自らの水分で

トマトの皮を直火に当てれば思い出した怒りのように弾けはじめる

茹でられお湯を緑に変えるブロッコリー想像上の樹木の姿の

ボレロのようにだんだん強くけむり吐くくん煙剤を確認　外へ

花もまた生き急ぎゆく公園の花壇で枯れる初夏のサツキ

ツツジとサツキの違いも分からず舐めていた蜜　小学校の休み時間に

昼よりも夜の方のが真夏めく五月の道に焼鳥屋の灯

死んでさらに殺虫剤をかけられるゴキブリ私の怯えに濡れる

ゴキブリのあたま、むね、はら、あし、しょっかくをバラバラにするサイクロン掃除機

ゴキブリの死を寂しいとは思えずに雨戸を開ける夜風はぬるい

ボルトの真円

麻酔四本、五本打たれてこの世から消え去る歯茎の骨の感覚

手術というよりも工作まず歯茎にボルトを入れる穴あけがあり

鼻の奥に生臭さある感覚はないけどボルトが入ったらしい

目を瞑る歯科医の手のひらが私の血で汚れたのを確認したのち

仮死状態から目覚め始めるジュリエットみたいに切れる麻酔のじわり

仮面ライダーの敵も飲んだりしたのかな改造手術のあとの化膿止め

見せたいのに見たくないって言われてる歯茎に埋まったボルトの真円

アキレスならば死んでるところ

君に家賃を告げて「安っ」と返された猛暑染み込むこのワンルーム

わたしは寝そうなわたしの身体を操ってお弁当箱を洗う夏の夕

隙間の多いワンルームにて小さい蜘蛛棲みつきお互いに干渉しない

蚊はわたしの血を吸い蜘蛛は蚊を食べて終わりワンルームの食物連鎖

蜘蛛よ蚊よわたしは食べ物を洗ったり切ったり炒めたり面倒くさいよ

ワンルームを胎内にする荒川の打ち上げ花火は音だけ響く

人もなくて光もなくて真っ暗な花火大会翌夜の荒川

燃える工場燃える民家の一棟もなく荒川の闇はただの闇

足首を何度も何度も蚊は刺してアキレスならば死んでるところ

蚊を払う必要のない身体を思う機械となった身体を

銀河鉄道の車窓にきっと飽きてしまうわたし夏夜の荒川をゆく

久々の実家は奇妙に優しくてシャインマスカットをあげると母は

実家の猫の一瞥　点滴のために背中毛の一部を剃られた猫の

たとえば妹の買ったゲームの全クリを未だ責められる者、長女は

駅を出てマスクを剥ぎ取られた唇《くち》は「あつい、あつい」と漏らし始める

日傘ぱっと開けばわたしは八角形の生き物　八角形の影滑りゆく

ポリバケツの中に亀いて急に来た八角形の影に引っ込める首

日陰から日陰へ入る中学生夏休みの部活へと向かう

住む地区が変われば氏神も変わるアパートの塀に祭の知らせ

防犯カメラは撮るアパートから怒鳴り声聞こえて立ち止まった私を

怒っていることだけ分かる怒りだけがコンクリート壁を突き抜けてくる

軽トラックの荷台に法被の男ふたり運ばれる逃げ水の向こうへ

汗を拭きつつ抗原検査の話する人たち山車に凭れかかって

天皇は人間　応神天皇は夏の神輿の上に揺られる

熱帯夜のコインランドリー

熱帯夜のコインランドリー眩しくて黄泉の国への入り口のよう

洗濯槽のドア引き開ける人質を閉じ込めていた扉の重たさ

回るパンツを見るかツイッター（X）を見るかの二択　パンツを見ている

一日のわたしのすべてが洗われて軽い衣類を抱えて帰る

柚子の皮の味

羞恥心ありたんねんにたんねんに歯茎のボルトを磨かれるとき

歯に見えるけど歯ではない人工歯あなが空いてるネジもついてる

人工歯があるから天然歯と呼ばれるただ口内に生えただけなのに

歯茎はいまソケットの静まり　人工歯を歯科医がネジで止めてる今は

錯視に似た感覚　舌で触れるたび人工歯は柚子の皮の味する

長い三画目

朝よりも朝であることを伝えくるスマートフォンの電子音、起きる

カーテンに見える「川」の字カーテンを開けて結露を拭う靴下

窓を拭く窓に今年の漢字書くすぐに漢字を拭き消してゆく

清少納言が良くないとした火桶の灰ない冬の朝につけるエアコン

考える「冬はつとめて」だと記す清少納言の早朝覚醒を

昼の光に何を思っていたのだろう清少納言の仄暗い四季

朝は収穫　干しっぱなしのブラジャーとストッキングを身につけてゆく

勾玉であれば不吉の知らせだろう腫れて赤くて痒い耳たぶ

ピアス穴なくて無言のまま痒い耳たぶひたすらにひたすらに揉む

切り落とされると分かった時にひくひくと動いたかゴッホの左耳は

夏、海に行けなかったな見たかったな磯の熱中症のヤドカリを

歌舞伎町を延々とゆく夏のさざ波に浸したかったこの足で

「相談に乗ります　0円」の段ボール横で話される悩み、さざ波

放射能も吐かない飛沫も飛ばさない口を開けるのみのゴジラ見上げる

緊急事態宣言下のあの新宿の孤独　誰とも目が合わない今も

爪は伸びるのに記憶は出てこない爪切りどこに片付けたのかの

爪切りを探す私は水槽の出目金のよう部屋をあちらこちらへ

政治であれば批判されてる爪切りを見つけるのを今日は先送りにする

私は柚子の追い剥ぎである切れ味の悪い包丁で皮剥ぎ取れば

人としての自我が邪魔して柚子の皮切るとき猫の手になりきれない

柚子の皮切ってたくさんの「川」の字を作るまな板に氾濫する川

姓を変える手段、結婚の他にない令和に「川」の三画目長い

今年もまた「川島」姓を振りきれず切った柚子皮をまとめて口へ

ファスナーが壊れてしまった筆箱の口呼吸のなかにあった爪切り

人の匂い

人の匂いを美味そうだなと思ってる真冬の夕の満員電車で
熊でないから噛みつかないだけである目の前で眠るサラリーマンに

目を閉じて空腹だけになる私を吊り下げながら運ぶ地下鉄

空腹の息吐き地下鉄から降りる食べてはいけないものをかき分け

ビル風にマスク警察飛ばされてマスクしてない人々、わたしも

ヤクルト色の肌に透けつつ血管は血を巡らせる冬の私に

夕闇に足だけすっと現れて小学生足だけで走り出す

あとがき

歌集『アキレスならば死んでるところ』は私の第二歌集である。三六五首をほぼ編年体で収録し、ほとんどが二〇二〇年三月以降に発表した歌となっている。

作歌を始めてから今年で十年になる。初めて参加した歌会で端の席に座り、なるべく存在感を消そうとしていたところから十年が経過したのかと考えると感慨深くなるが、ほとんど変化していない自分に驚いてしまう。長く続けていれば自分の気持ちがしっかりしてきて、計画的に月詠を作り余裕をもって投函するようになると思っていたのに、まだ一首もできていなくて頭を抱えている。人の意見をきちんと受け止めることができるようになるはずだったのに、何か言われると脊髄反射で反論して、あんなこと言わなければ良かったなぁと後悔ばかりしている。このまま人生を突き進んでいくような気もするけれど、年下の友達も増えてきたし、カリカリしている年上は見ていられないと思うので、穏やかに生きたいし、穏やかに生きようと思う。

ここまで短歌を続けてこられたのは、馬場あき子先生をはじめとする、歌林の会の皆さまのおかげです。本当にありがとうございます。一緒に短歌の勉強をする若月会の皆には、私が毎回同じ話をしているのにちゃんと聞いてくれて、いつも救われています。

歌集の構成などにつきましては、米川千嘉子さまにご相談させていただきました。お忙しいなか多くのアドバイスをくださり、とても感謝しております。

装幀は梶谷芳郎さまに携わっていただきました。また、刊行するにあたりまして、現代短歌社の真野少さまには大変お世話になりました。
最後に、歌集を手に取ってくださったあなたに、心よりお礼申し上げます。多くの歌が溢れる今日において、こうしてあなたが読んでくださることを奇跡だと思っています。

二〇二四年四月

川島結佳子

著者略歴

一九八六年　東京都うまれ

二〇一四年　歌林の会入会

二〇一五年　第五十八回短歌研究新人賞次席

二〇一六年　第三十六回かりん賞受賞

二〇一九年　歌集『感傷ストーブ』刊行

二〇二〇年　第二十回記念現代短歌新人賞、第六十四回現代歌人協会賞受賞

現代歌人協会会員

かりん叢書第四三七篇

歌集　アキレスならば死んでるところ

二〇二四年六月十八日　第一刷発行

著者　川島結佳子
発行人　真野　少
発行所　現代短歌社
〒六〇四-八二一二
京都市中京区六角町三五七-四
三本木書院内
電話　〇七五-二五六-八八七二

装幀　かじたにデザイン
印刷　亜細亜印刷
定価　二二〇〇円(税込)

ISBN978-4-86534-478-3 C0092 ¥2000E